KB048754

나무를 심은 사람

L'Homme qui plantait des arbres
by Jean Giono

나무를 심은 사람

L'homme qui plantait des arbres

장 지오노 지음 · 김경온 옮김 · 최수연 그림

두레

『나무를 심은 사람』 관련 지도

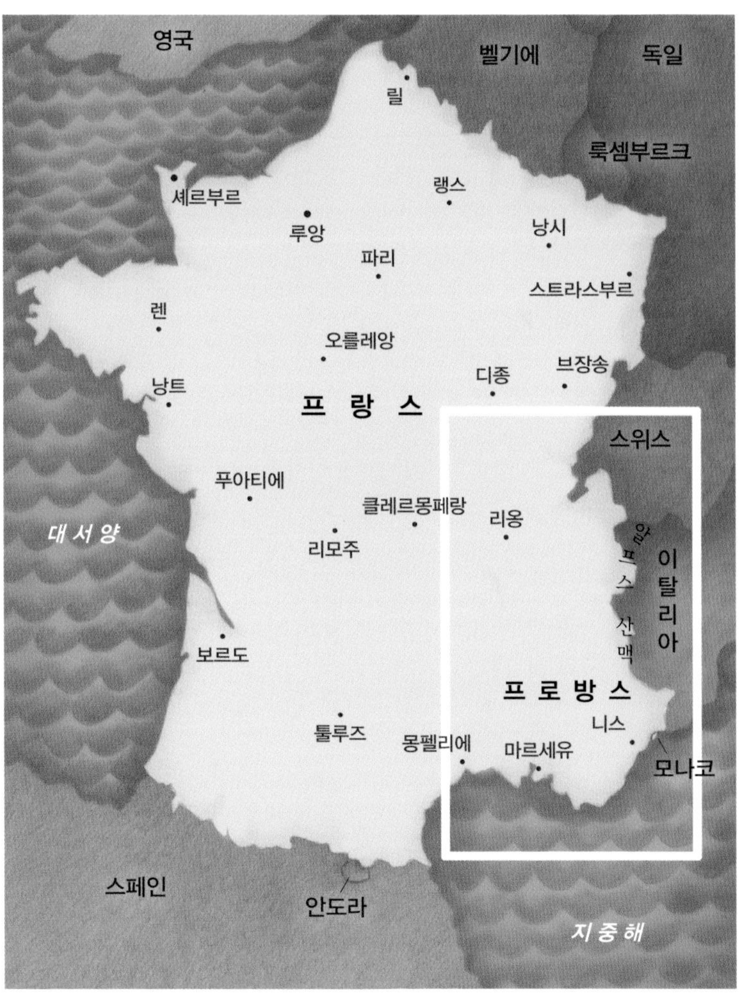

프랑스 지도(위)와 프로방스 지방만을 확대한 지도(오른쪽 페이지).

프랑스
스위스
손 강
리옹
알프스 산맥
이탈리아
론 강
이제르 강
디
드롬 강
시스테롱
빙두 산
마노스크
미라보
니스
모나코
뒤랑스 강
마르세유
지중해

차 례

한 사람이 참으로 보기 드문 인격을 갖고 있는지를 알기 위해서는 여러 해 동안 그의 행동을 관찰할 수 있는 행운을 가져야만 한다. 그 사람의 행동이 온갖 이기주의에서 벗어나 있고, 그 행동을 이끌어 나가는 생각이 더없이 고결하며,[1] 어떤 보상도 바라지 않고, 그런데도 이 세상에 뚜렷한 자취를 남겼다면 우리는 틀림없이 잊을 수 없는 한 인격을 만났다고 할 수 있다.

약 40여 년 전의 일이다. 나는 여행자들에게는 거의 알려져 있지 않은 고산지대(高山地帶)로 먼 여행을 떠났다. 그곳은 알프스 산맥이 프로방스 지방으로 뻗어 내린 아주 오래된 산악지대였다. 이 지역은 동남쪽과 남쪽으로는 시스테롱과 미라보 사이에 있는 뒤랑스 강의 중류를 경계로 하고 있었다. 그리고 북쪽으로는 드롬 강이 시작되는 곳에서부터 디까지 이르는 강의 상류가 그 끝이고, 서쪽으로는 콩타브네생 평원과 방투 산의 산자락이 뻗어 내린 곳을 그 경계로 하고 있었다. 그러니까 그곳은 바스잘프[2] 지방의 북부 전부와 드롬 강의 남쪽 및 보클뤼즈 지방의 일부 작은 지역에 걸쳐 있었다.

나는 해발 1,200~1,300미터의 산악지대에 있는 헐벗고

단조로운 황무지로 먼 도보여행을 떠났다. 그곳엔 야생 라벤더[3] 말고는 아무것도 자라지 않았다. 폭이 가장 넓은 곳을 가로질러 사흘을 걷고 나니 더없이 황폐한 지역이 나왔다. 나는 뼈대만 남은 버려진 마을 옆에 텐트를 쳤다. 마실 물이 전날부터 떨어져서 물을 찾아야만 했기 때문이다. 폐허가 되어 있기는 했지만 낡은 말벌집처럼 집들이 모여 있는 것을 보니 옛날엔 이곳에 샘이나 우물이 있었을 것이라고 생각되었다. 과연 샘이 있긴 했지만 바싹 말라붙어 있었다. 비바람에 사그라져 지붕이 없어져 버린 집 여섯 채, 그리고 종탑이 무너져 버린 작은 교회가 마치 사람들이 사는 마을 속에 있는 것처럼 서 있었다. 그러나 그곳엔 살아 있는 것이라고는 전혀 없었다.

햇빛이 눈부시게 쏟아지는 6월의 아름다운 날이었다. 그러나 하늘 높이 솟아 있는, 나무라고는 없는 땅 위로 견디기 어려울 만큼 세찬 바람이 불고 있었다. 뼈대만 남은 집들 속으로 불어닥치는 바람소리는 마치 짐승들이 먹는 것을 방해받았을 때 그러는 것처럼 으르렁거렸다. 나는 텐트를 걷지 않을 수 없었다. 그곳에서부터 다섯 시간이나 더 걸어 보았어도 여전히 물을 찾을 수 없었고, 또 그럴 희망마저 보이지 않았다. 모든 곳이 똑같이 메말라 있었고 거친 풀들만 자라고 있었다.

그런데 저 멀리에 작고 검은 실루엣 하나가 서 있는 것 같았다. 나는 그 모습이 홀로 서 있는 나무의 둥치가 아닌가 착각했다. 혹시나 하고 그곳을 향해 걸어가 보니 그것은 한

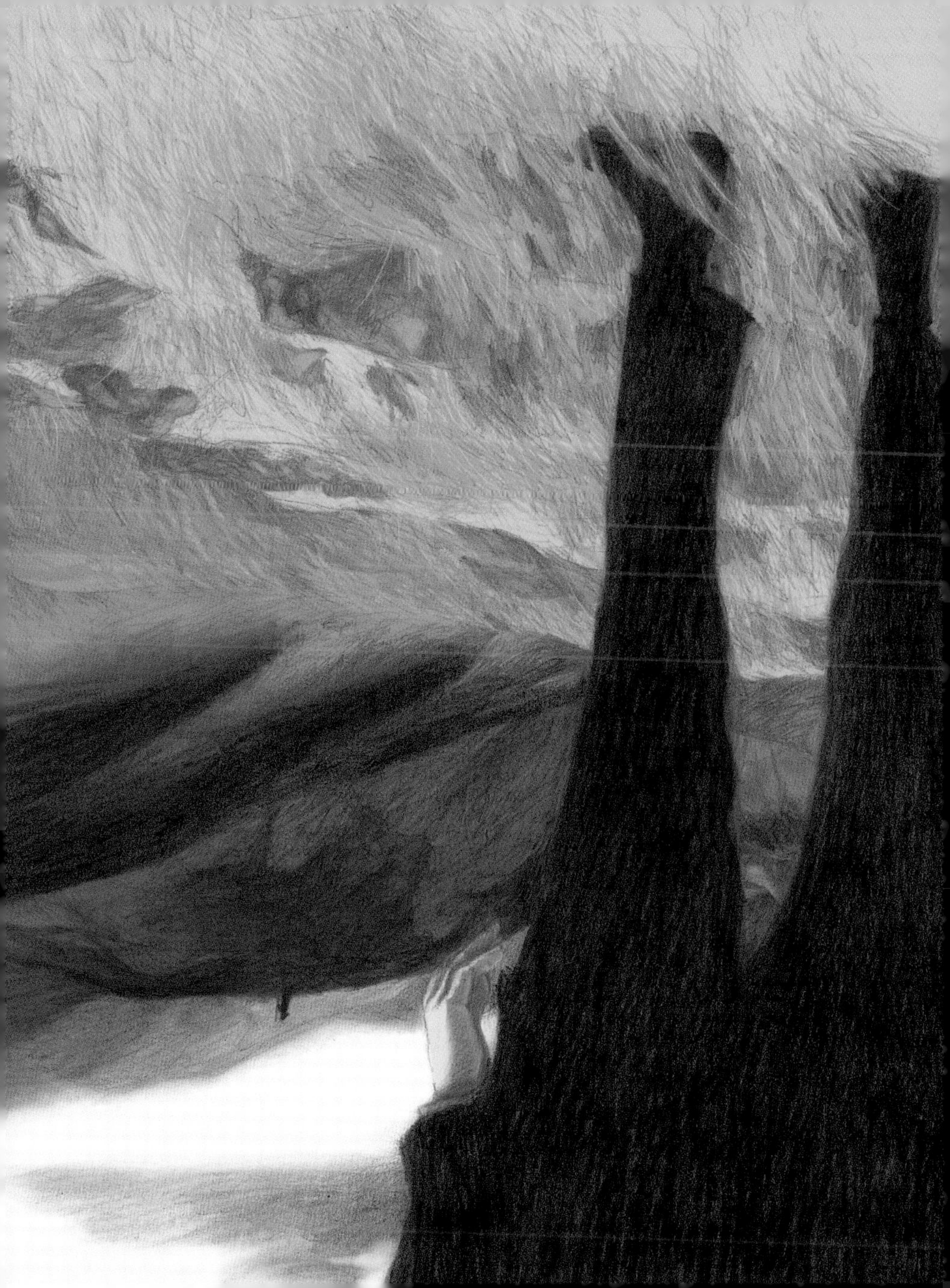

양치기였다. 그의 곁에는 양 30여 마리가 뜨거운 땅 위에 앉아 쉬고 있었다.

그는 나에게 물병을 건네주었다. 그리고 잠시 후 고원의 우묵한 곳에 있는 양의 우리로 나를 데리고 갔다. 그는 간단한 도르래로 깊은 천연의 우물에서 아주 좋은 물을 길어 올렸다. 그 사람은 말이 거의 없었는데, 그것은 고독하게 살아가는 사람들의 특징이었다. 하지만 그는 자신에 차 있고 확신과 자부심을 갖고 있는 사람으로 느껴졌다. 온통 헐벗은 이런 황무지에 그런 사람이 살고 있다니 뜻밖이었다.

그 양치기는 오두막이 아니라 돌로 만든 제대로 된 집에서 살고 있었다. 그 집의 모습으로 보아 그가 이곳에 와서 망가진 집을 어떻게 혼자 힘으로 되살려 놓았는지를 짐작할

수 있었다. 지붕은 튼튼했고 물이 새는 곳도 없었다. 바람이 기와를 두드리면서 내는 소리가 마치 바닷가의 파도 소리 같았다.

살림살이는 잘 정돈되어 있었다. 그릇은 깨끗했고, 마루는 잘 쓸어져 있었으며, 총도 잘 손질되어 있었다. 불 위에서 수프가 끓고 있었다. 그때서야 나는 그가 산뜻하게 면도했다는 것을 알아차렸다. 옷에는 단추들이 단단히 달려 있으며, 눈에 띄지 않게 옷이 세심하게 기워져 있다는 것도 알 수 있었다.

그는 내게 수프를 떠 주었다. 식사가 끝난 뒤 내가 담배 쌈지를 건네자 그는 담배를 피우지 않는다고 했다. 그의 개 또한 주인처럼 조용했으며, 살살대지 않으면서도 상냥하게

굴었다.

나는 그 집에서 그날 밤을 묵어야 한다는 것을 알게 되었다. 가장 가까운 마을이라 해도 하루 하고 반나절을 더 걸어야 했기 때문이다. 나는 이 지역에는 마을이 드물다는 것뿐만 아니라 그 마을의 사정도 잘 알고 있었다. 이곳 고산지대의 기슭에는 너덧 마을이 서로 멀리 떨어져 있었다. 그 마을들은 찻길이 끝나는 곳의 떡갈나무 숲 속에 자리잡고 있었다.

그곳에는 숯을 만들어서 파는 나무꾼들이 살고 있었다. 사람들이 힘들게 살아가는 곳이었다. 여름이나 겨울이나 견디기 어려운 날씨 속에서 달리 벗어날 곳을 찾지 못한 채 서로 부대끼며 이기심만 키워 갈 뿐이었다. 그들은 끊임없이 그곳을 벗어나기를 바라면서 부질없는 욕심만 키워 가고 있었다.

남자들은 마차에 숯을 싣고 도시로 갔다 돌아오곤 했다. 아무리 굳센 사람이라 할지라도 끊임없이 되풀이되는 좌절을 이기지 못하고 무너져 버렸다. 여인들의 마음속에서도 원한이 끓고 있었다.

사람들은 모든 것을 놓고 경쟁했다. 숯을 파는 것을 두고, 교회에서 앉는 자리를 놓고서도 경쟁했다. 선한 일[美德]을 놓고, 악한 일[惡德]을 놓고, 그리고 선과 악이 뒤섞인 것들을 놓고 서로 다투었다. 바람 또한 쉬지 않고 신경을 자극했다. 그래서 자살이 전염병처럼 번지고 여러 정신병마저 유행하여 사람들이 목숨을 잃었다.

양치기는 조그만 자루를 가지고 와서 도토리 한 무더기를 탁자 위에 쏟아 놓았다. 그는 도토리 하나하나를 아주 주의 깊게 살펴보더니 좋은 것과 나쁜 것을 따로 골라 놓았다. 나는 파이프 담배를 피워 물었다. 도와주겠다고 했으나 그는 자기가 해야 할 일이라고 말했다. 사실 그가 그 일에 기울이는 정성을 보고 나는 더 고집할 수 없었다. 우리의 대화는 그것이 전부였다. 그는 아주 굵은 도토리 한 무더기를 모으더니 그것들을 열 개씩 세어 나누었다. 그러면서 그는 도토리들을 더 자세히 살펴보고 그중에서도 작은 것이나 금이 간 것들을 다시 골라냈다. 그렇게 해서 완벽한 상태의 도토리가 100개 모아졌을 때 그는 일을 멈추었고 우리는 잠자리에 들었다.

이 사람과 함께 있으니 마음이 평화로웠다. 다음 날에도 나는 그의 집에서 하루 더 머물 수 있게 해 달라고 부탁했다. 그는 그것을 아주 당연하게 생각했다. 아니 더 정확히 말하자면 어떤 무엇도 그의 마음을 흐트러뜨릴 수 없다는 인상을 받았다. 반드시 하루 더 쉬어 가야만 하는 것은 아니었다. 그러나 나는 호기심을 느꼈고 그 사람에 대해 더 알고 싶었다. 그는 우리에서 양 떼를 몰고 풀밭으로 갔다. 떠나기 전에 그는 정성껏 골라 세어 놓은 도토리 자루를 물통에 담갔다.

나는 그가 지팡이 대신 길이가 약 1.5미터 정도 되고 굵기가 엄지손가락만 한 쇠막대기를 들고 있는 것을 보았다. 나는 걸으며 쉬며 그가 가는 길을 따라갔다. 양들의 풀밭은 작은 골짜기에 있었다. 그는 양 떼를 개에게 돌보도록 맡기고는 내가 있는 곳으로 올라왔다. 내 맘대로 올라왔다고 꾸짖으러 오는 것 같아 두려웠으나 그게 아니었다. 그가 가는 길에 내가 있었던 것이다. 그는 나에게 달리 할 일이 없으면 자기와 함께 가지 않겠느냐고 했다. 그는 그곳에서 산등성이 쪽으로 200미터쯤을 더 올라갔다.

그가 가려고 한 곳에 이르자 그는 땅에 쇠막대기를 박기 시작했다. 그렇게 해서 구멍을 파고는 그 안에 도토리를 심고 다시 덮었다. 그는 떡갈나무를 심고 있었다. 나는 그곳이 그의 땅이냐고 물었다. 그는 아니라고 했다. 그러면 누구의 땅인지 알고 있는 것일까? 그는 모르고 있었다. 그저 그곳이 공유지이거나 아니면 그런 것에 대해서는 생각하지도 않는

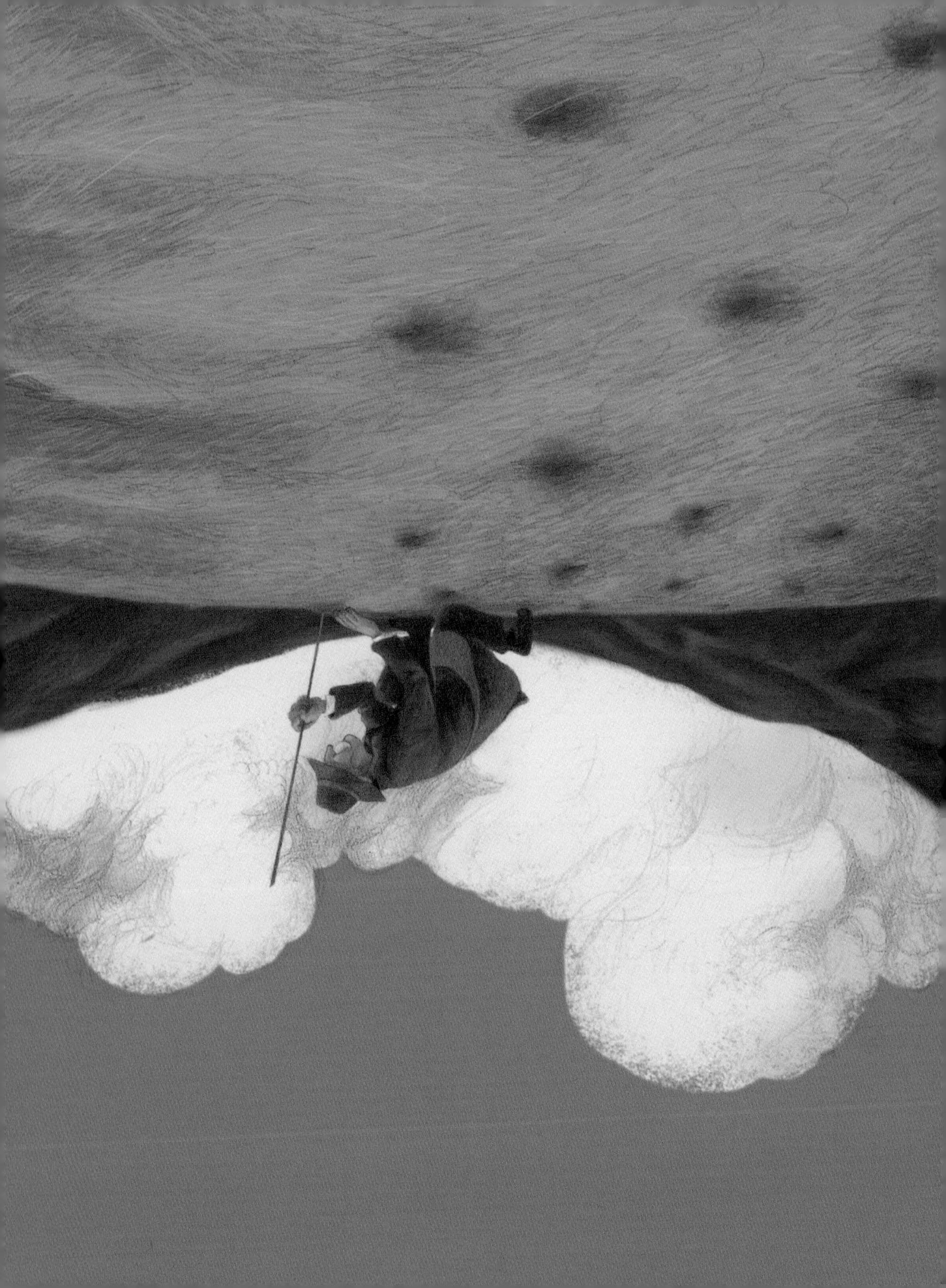

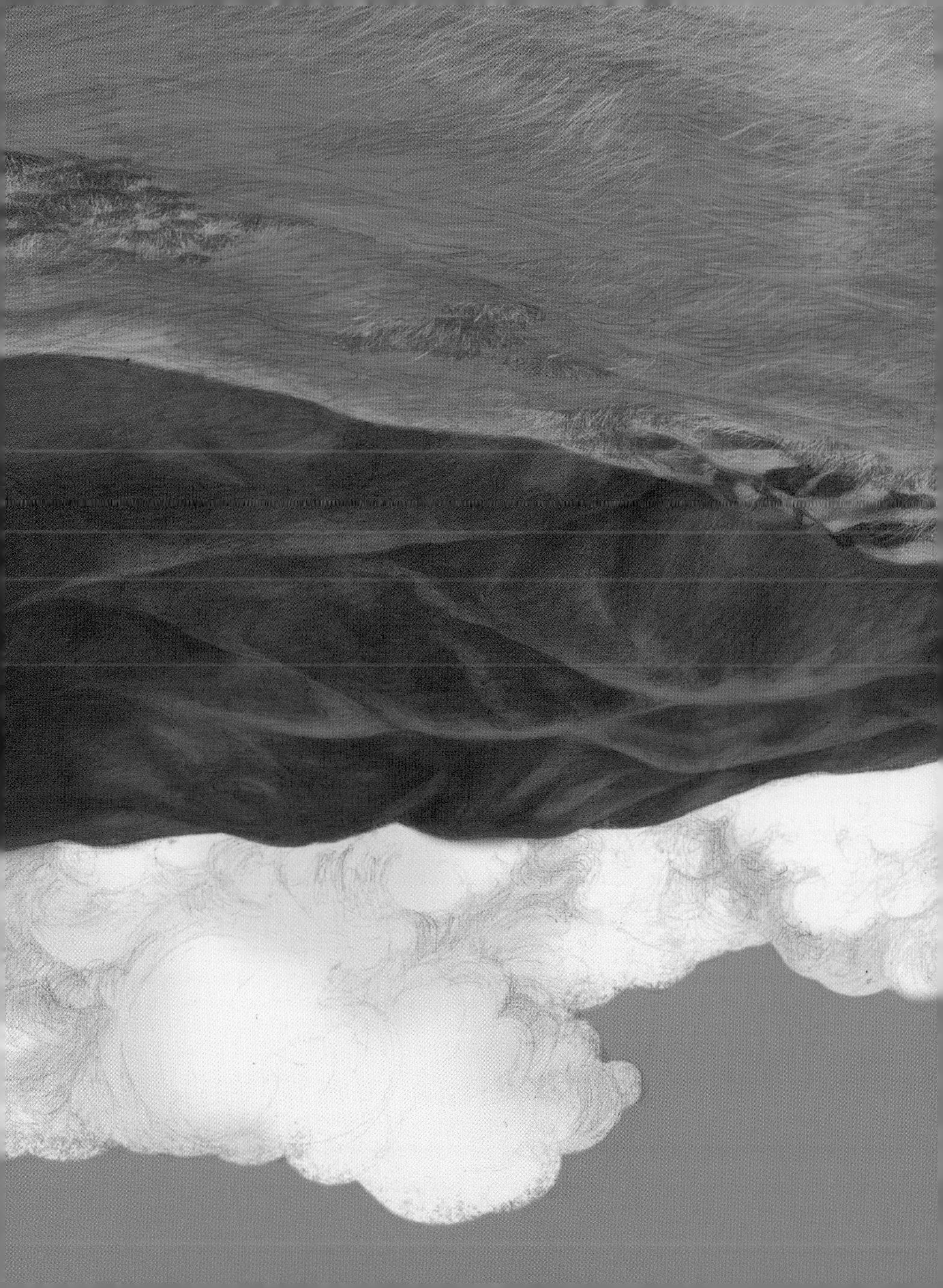

사람들의 것이 아니겠느냐고 했다. 그는 그 땅이 누구의 것인지 관심조차 없었다. 그는 아주 정성스럽게 도토리 100개를 심었다.

점심을 먹은 뒤 그는 다시 도토리를 고르기 시작했다. 내가 끈질기게 물어보자 그는 내가 묻는 말에 대답해 주었다. 그는 3년 전부터 이 황무지에 홀로 나무를 심어 왔다고 했다. 그리하여 그는 도토리 10만 개를 심었다. 그리고 10만 개의 씨에서 2만 그루의 싹이 나왔다. 그는 들쥐나 산토끼들이 나무를 갉아먹거나 신의 뜻에 따라 예측할 수 없는 일들이 일어날 경우, 이 2만 그루 가운데 또 절반가량이 죽어 버릴지도 모른다고 예상하고 있었다. 그렇게 되면 예전에는 아무것도 없었던 이 땅에 떡갈나무 1만 그루가 살아남아 자라게 될 것이다.

그제야 나는 그의 나이가 궁금했다. 그는 분명히 쉰 살이 넘어 보였다. 그는 자신의 나이가 쉰다섯 살이라고 했다. 이름은 엘제아르 부피에였다. 지난날 그는 평지에 농장을 하나 가지고 자신의 꿈을 가꾸며 살았다고 했다. 그러나 하나밖에 없는 아들이 죽고 나서 아내마저 세상을 떠났다. 그 뒤 그는 고독 속으로 물러나 양들과 개와 더불어 한가롭게 살아가는 것을 기쁨으로 여겼다. 그는 나무가 없기 때문에 이곳이 땅이 죽어 가고 있다고 생각했다. 그는 달리 해야 할 중요한 일도 없었으므로 이런 상태를 바꾸어 보기로 결심했다고 덧붙였다.

그 당시 나는 젊지만 혼자 살고 있었으므로 다른 고독한 사람들의 영혼에 섬세하게 다가갈 줄 알았다. 그런데도 나는 한 가지 실수를 저지르고 말았다. 정확히 말하면 나는 젊은 나이 탓에 나 자신과 관계된 일이나 행복을 추구하는 것만을 마음에 두고 미래를 상상해 보았던 것이다. 그래서 나는 30년 후면 떡갈나무 1만 그루가 아주 멋진 모습을 하고 있을 것이라고 말했다. 그는 아주 간단하게 대답했다. 만일 하느님이 그때까지 자신을 살아 있게 해 주신다면, 그동안에도 나무를 아주 많이 심을 것이기 때문에 이 1만 그루의 나무는 바다의 물 한 방울과 같을 것이라고 그는 말했다.

그는 벌써부터 너도밤나무 재배법을 연구해 오고 있었으며, 그의 집 근처에서 어린 묘목들을 기르고 있었다. 양들

이 넘어오지 못하도록 울타리를 쳐 놓았는데, 묘목들이 아주 아름다웠다. 그는 또한 땅 표면에서 몇 미터 아래 습기가 고여 있을 것 같은 골짜기에는 자작나무를 심을 것이라고 말했다.

그다음 날 우리는 헤어졌다.

이듬해인 1914년에 1차 세계대전이 일어나 나는 5년 동안 전쟁터에서 싸웠다. 보병이었던 나는 나무에 대해서는 전혀 생각할 수 없었다. 사실 그 옛날의 일은 나에게 아무런 흔적도 남기지 못했다. 나는 그것을 하나의 이야깃거리나 우표 수집 같은 것쯤으로 여겨 잊어버리고 있었다.

전쟁이 끝났을 때 나에게 남아 있는 것이라고는 군 복무를 마치고 받은 아주 적은 제대 수당과 조금이라도 맑은 공기를 마시고 싶다는 강한 욕망밖에 없었다. 황무지로 가는 길을 다시 찾아 나섰을 때 나에게는 오직 그 생각밖에 없었다.

그곳은 변함이 없었다. 그러나 황폐한 마을 너머 멀리 회색빛 안개 같은 것이 융단처럼 산등성이를 덮고 있는 것이 보였다. 나는 여기 오기 전날부터 나무를 심던 그 양치기를 다시 생각하기 시작했다. "떡갈나무 1만 그루라면 꽤 넓은 땅을 차지하고 있을 거야" 하고 나는 생각했다.

나는 지난 5년 동안 죽어가는 사람을 너무 많이 보아서 엘제아르 부피에도 죽었을 것이라고 생각했다. 게다가 20대의 나이에는 50대의 늙은이란 죽는 것 말고는 별로 할 일이 없는 사람들로 생각되었다. 그러나 그는 죽지 않고 살아 있었다. 그는 더 원기왕성해 보였다. 그는 생업도 바꾸었다. 양들을 네 마리만 남기고 그 대신 벌을 100여 통 치고 있었다. 양들이 어린나무들을 해쳤기 때문에 치워 버렸던 것이다. 그동안 그는 전쟁 때문에 불안을 느끼지는 않았다고 했다. 그리고 나는 그것을 확인할 수 있었다. 그는 흔들리지 않고 전과 다름없이 계속 나무를 심었던 것이다.

1910년에 심은 떡갈나무들은 그때 열 살이 되어 있었다. 그리고 나무들은 나와 엘제아르 부피에의 키보다 더 높이 자라 있었다. 참으로 놀라운 모습이었다. 그야말로 말문이 막혔다. 엘제아르 부피에도 말이 없었으므로 우리는 말없이

그의 숲 속을 거닐며 하루를 보냈다. 숲은 세 구역으로 되어 있었는데, 가장 넓은 곳은 폭이 11킬로미터나 되었다.

이 모든 것이 아무런 기술적인 장비도 갖추지 못한 오직 한 사람의 영혼과 손에서 나온 것이라 생각하니, 인간이란 파괴가 아닌 다른 분야에서는 하느님처럼 유능할 수 있다는 생각이 들었다.

부피에는 자기 뜻을 꾸준히 실천해 가고 있었다. 내 어깨에 와 닿는 너도밤나무들이 끝없이 펼쳐져 있어 그것을 말해 주고 있었다. 떡갈나무는 들쥐나 토끼들에게 갉아먹힐 나이를 지나 빽빽하게 자라나 있었다. 만약 신이 이 창조물을 파괴하려는 뜻을 갖고 있다면 앞으로는 태풍의 힘을 빌려야 할 것이다.

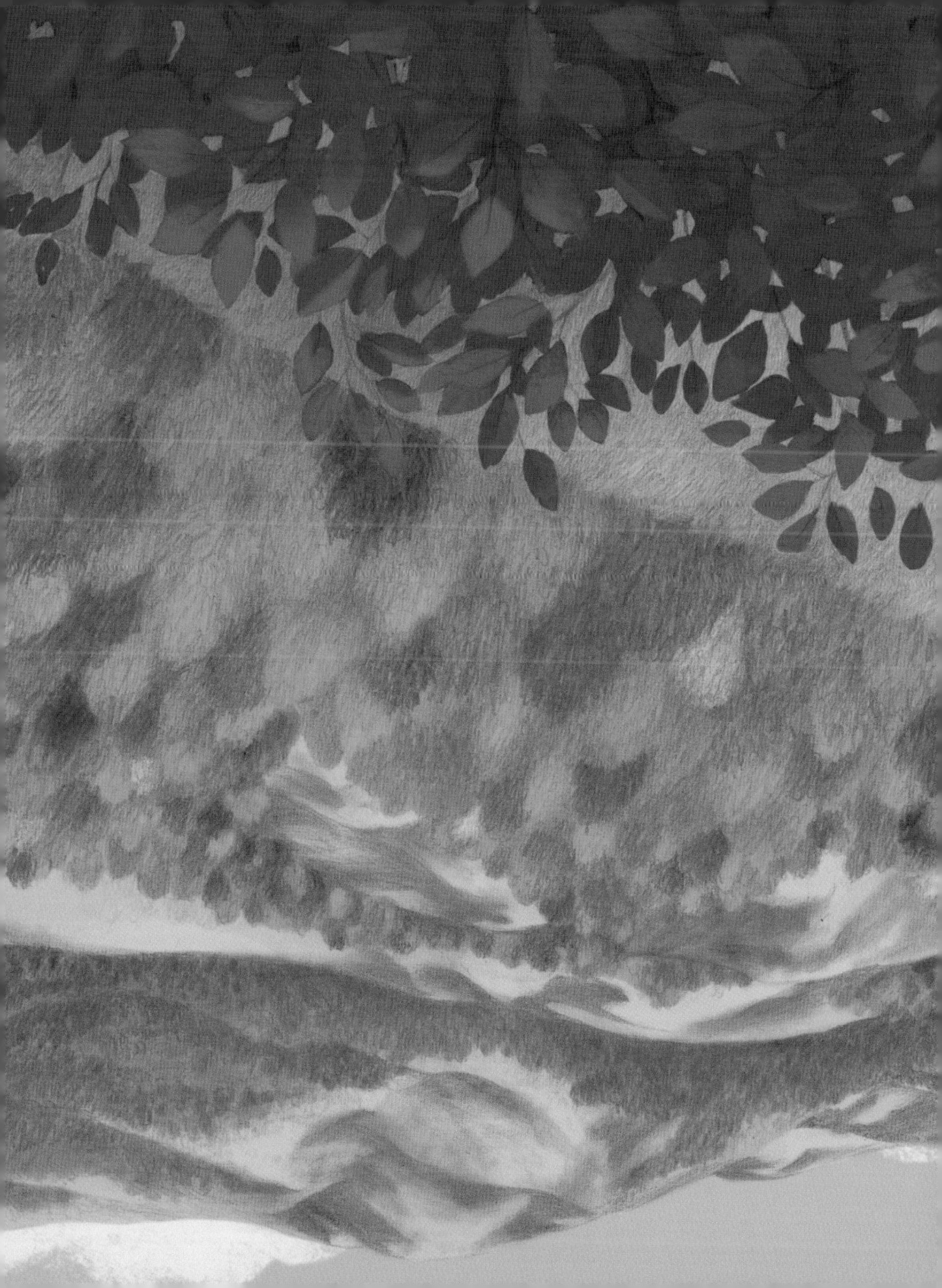

그는 훌륭한 자작나무 숲도 보여 주었다. 5년 전, 그러니까 1915년 내가 베르됭에서 싸우던 시기에 심은 나무들이었다. 땅속에 습기가 있을 것이라고 예상했던 골짜기마다 자작나무를 심었던 것이다. 자작나무들은 젊은이처럼 부드러웠고 아주 튼튼하게 서 있었다.

창조란 꼬리를 물고 새로운 변화를 가져오는 것 같았다. 하지만 엘제아르 부피에는 그런 데에는 관심이 없었다. 아주 단순하게 자신이 할 일을 고집스럽게 해 나갈 뿐이었다.

마을로 다시 내려오다가 나는 개울에 물이 흐르는 것을 보았다. 사람들이 기억하는 한 그 개울은 언제나 말라 있었다. 자연이 그렇게 멋진 변화를 잇달아 만들어 내는 것을 나는 처음 보았다.

아주 오랜 옛날에는 이 말라붙은 개울에도 물이 흐르고 있었다고 한다. 앞서 이 이야기를 시작할 때 말했던 폐허가 된 몇몇 마을들은 옛 갈로 로망[4]의 터전 위에 세워진 것인데, 아직도 그 시대의 흔적이 남아 있다. 그래서 한때 고고학자들이 이곳에 와서 발굴 작업을 하다가 낚싯바늘을 찾아내곤 했던 것이다. 그러나 20세기에는 물을 조금 얻기 위해서도 물받이 저수통을 쓰지 않으면 안 되었다.

바람도 씨앗들을 퍼뜨려 주었다. 물이 다시 나타나자 그와 함께 버드나무와 갈대가, 풀밭과 기름진 땅이, 꽃들이, 그리고 삶의 이유 같은 것들이 되돌아왔다.

그러나 그 모든 변화는 아주 천천히 일어났기 때문에 습관처럼 익숙해져서 사람들에게 아무런 놀라움도 주지 못했

다. 산토끼나 멧돼지들을 잡으려고 이 적막한 산속으로 올라온 사냥꾼들은 작은 나무들이 무성하게 자라고 있는 것을 분명히 보았으나, 그것을 그저 땅이 자연스럽게 부리는 변덕 탓이라고만 여겼다. 그래서 아무도 부피에가 하는 일에 간섭하지 않았다. 사람들이 그가 한 일이라고 의심했다면 그의 일에 훼방을 놓았을 것이다. 사람들은 그를 의심할 수 없었다. 마을 사람들이나 관리들이나 누군들 그처럼 고결하고 훌륭한 일을 그렇게 고집스럽게 계속할 수 있다고 어찌 상상이나 할 수 있었겠는가?

1920년부터 나는 1년에 한 번씩은 엘제아르 부피에를 찾아갔다. 그동안 나는 그가 실의에

빠지거나 자신이 하는 일에 대해 의심을 품는 것을 전혀 본 적이 없었다. 그러나 그가 겪은 시련은 누구도 알지 못할 것이다. 나는 그가 겪었을 좌절에 대해서는 깊이 생각해 보지 않았다. 그러나 그와 같은 성공을 거두기 위해서는 많은 어려움을 이겨내야 했을 것이고, 그러한 열정이 확실한 승리를 거두기 위해서는 절망과 싸워야 했으리라는 것을 쉽게 상상할 수 있다. 한때 엘제아르 부피에는 1년 동안에 1만 그루가 넘는 단풍나무를 심었으나 모두 죽어 버린 일도 있었다. 그래서 그다음 해에는 단풍나무를 포기하고 떡갈나무들보다 더 잘 자라는 너도밤나무를 심었다.

하지만 이런 특별한 인격을 가진 사람을 더 깊이 이해하려면 우리는 그가 홀로 철저한 고독 속에서 일했다는 것을

잊어서는 안 된다. 그는 너무나도 외롭게 살았기 때문에 말년에는 말하는 습관을 잃어버리기까지 했다. 아니, 어쩌면 말할 필요를 느끼지 못했던 것이 아닐까?

1933년엔 숲을 보고 깜짝 놀란 산림감시원이 엘제아르 부피에를 찾아왔다. 이 관리는 '천연의 숲'이 자라는 것을 위태롭게 할지도 모르니 집밖에서 불을 피워서는 안 된다고 이 노인에게 경고했다. 그 관리는 순진하게도 숲이 혼자 저절로 자라는 것은 처음 본다고 말했다.

그 무렵에 엘제아르 부피에는 집에서 12킬로미터 떨어진 곳에 너도밤나무를 심으러 다니곤 했다. 그때 그는 이미 일흔다섯 살이었으므로 매일 오고 가는 수고를 덜기 위해 나무를 심는 곳에 조그만 돌집을 하나 지으려고 생각하고

있었다. 그는 다음 해에 그 집을 지었다.

1935년에는 진짜 정부 대표단이 '천연의 숲'을 시찰하러 왔다. 산림청의 고위관리와 국회의원, 전문가 들이 함께 왔다. 그들은 쓸데없는 말들을 많이 했다. 그들은 무엇인가를 하기로 결정했는데, 그러나 다행히도 단 한 가지 유익한 일을 빼고는 아무 일도 하지 않았다. 즉 그 숲을 나라의 관리 아래 두고 나무를 베어 숯을 굽는 것을 금지한 것이다. 그들 역시 건강이 넘치는 젊은 나무들의 아름다움에 매혹당하지 않을 수 없었다. 그 아름다운 숲은 국회의원까지도 사로잡았던 것이다.

대표단의 산림전문가들 가운데는 내 친구가 한 사람 있었다. 나는 그에게 이 숲의 비밀을 설명해 주었다. 그리고 그

다음 주에 우리 두 사람은 엘제아르 부피에를 찾아갔다. 부피에는 대표단이 시찰한 지점에서 20킬로미터쯤 떨어진 곳에서 한창 일하고 있었다. 산림전문가인 내 친구는 역시 그다웠다. 그는 가치 있는 것을 알아볼 줄 알았고 입을 다물 줄도 알았다. 나는 선물로 가져간 달걀 몇 개를 내놓았다. 우리는 함께 점심을 나누어 먹고 말없이 경치를 바라보면서 몇 시간을 보냈다. 우리가 지나온 곳은 6~7미터 높이의 나무들로 뒤덮여 있었다. 1913년에 보았던 이곳의 모습이 생각났다. 황무지가 떠올랐다…….

평화롭고 규칙적인 일, 고산지대의 살아 있는 공기, 소박한 음식, 그리고 무엇보다도 마음의 평화가 이 노인에게 놀라우리만큼 훌륭한 건강을 가져다주었다. 그는 하느님이

보내 준 일꾼이었다. 나는 그가 앞으로도 얼마나 많은 땅을 나무로 덮을 것인지를 생각해 보았다.

떠나기 전에 내 친구는 노인에게 이곳의 토양에 알맞을 것 같은 몇몇 나무의 종류에 관해 짧게 말해 주었다. 그러나 그것을 고집하지는 않았다. 나중에 내 친구는 "당연히 그분은 나무에 대해 나보다 더 많이 알고 있어"라고 나에게 말했다. 그 생각이 계속 마음속에서 떠나지 않았는지 내 친구는 한 시간쯤 걷고 나서 다시 이렇게 덧붙였다. "그는 나무에 대해 누구보다 많이 알아. 그는 행복해질 수 있는 멋진 방법을 찾은 사람이야"라고.

이 산림전문가 덕분에 숲만이 아니라 엘제아르 부피에의 행복도 지켜질 수 있었다. 내 친구는 숲을 보호하기 위해

산림감시원 세 명을 임명했고, 이들에게 겁을 주어서 숯을 굽는 사람들이 뇌물을 주어도 흔들리지 않도록 단단히 일러두었던 것이다.

엘제아르 부피에의 숲은 1939년에 일어난 2차 세계대전 때에 심각한 위기를 맞았다. 그 당시에는 많은 자동차들이 목탄(木炭)가스[5]로 움직였기 때문에 나무가 항상 모자랐다.

그래서 사람들은 엘제아르 부피에가 1910년에 심은 떡갈나무들을 베기 시작했다. 그러나 다행히도 이 숲은 도로에서 너무 멀리 떨어져 있어서 경제적이지 않은 것으로 드러났다. 그래서 사람들은 그 숲을 포기했다. 그러나 부피에는 아무것도 알지 못했다. 그는 그곳에서 30킬로미터 떨어진 곳에서 평화롭게 자기 일만을 묵묵히 계속하고 있었다. 그는 1914년의 전쟁에 마음을 쓰지 않았던 것처럼 1939년의 전쟁에도 마음을 쓰지 않고 자기 일을 계속했다.

내가 마지막으로 엘제아르 부피에를 만난 것은 1945년 6월이었다. 그때 그는 여든일곱 살이었다. 나는 그 옛날의 황무지로 가는 길을 다시 찾아갔다. 전쟁이 나라를 황폐하게 만들었는데도 이제는 뒤랑스 강 계곡에서 산으로 버스가 다니고 있었다. 나는 옛날 내가 걸어갔던 곳이 어디인지 더 이상 알아볼 수 없었다. 버스가 비교적 빨리 달렸기 때문이 아닌가 생각했다. 그곳은 처음 와 보는 곳 같았다. 마을 이름을 듣고 나서야 내가 그 옛날의 황량했던 땅에 와 있다는 것을 알았다. 나는 베르공 마을에서 버스를 내렸다.

1913년에는 이 마을에 열 집인가 열두 집이 있었고, 사람이라고는 단 세 명만이 살고 있었다. 그들은 난폭했고 서로 미워했으며, 덫으로 사냥을 해서 먹고살았다. 육체적으로나 정신적으로나 거의 원시인에 가까운 삶이었다. 버려진 집들을 쐐기풀이 덮고 있었다. 그들에게는 죽음을 기다리는 것밖에 희망이 없었다. 하물며 선한 일을 하며 사는 것은 생각할 수도 없었다.

그러나 모든 것이 변해 있었다. 공기마저도 달라져 있었다. 옛날의 메마르고 거친 바람 대신에 향긋한 냄새를 실은 부드러운 바람이 불어오고 있었다. 물 흐르는 소리 같은 것이 저 높은 언덕에서 들려오고 있었다. 숲 속에서 부는 바람소리였다. 그런데 놀랍게도 못 속으로 흘러드는 진짜 물소리가 들려오는 것이었다. 나는 만들어진 샘에 물이 넘쳐흐르는 것을 보았다. 그리고 나를 가장 감동시킨 것은 그 샘 곁에 이미 네 살쯤 되어 보이는 보리수가 심어져 있는 것이었다. 벌써 잎이 무성하게 자란 이 나무는 분명히 부활의 한 상징임을 보여 주고 있었다.

더구나 베르공 마을에는 사람들이 희망을 가져야만 할 수 있는 공동작업을 한 흔적이 뚜렷이 보였다. 희망이 이곳에 다시 돌아와 있었던 것이다. 마을 사람들은 망가진 집과 담을 모두 허물고 집 다섯 채를 새로 지었다. 그 뒤로 마을 사람들의 수는 스물여덟 명으로 늘어났는데, 그 가운데는 젊은 부부도 네 쌍이 끼어 있었다. 산뜻하게 벽을 바른 새 집들이 채소밭에 둘러싸여 있었다. 채소밭에는 양배추와, 장미, 파와 금어초, 셀러리, 아네모네 등 채소와 꽃들이 어울려 가지런히 자라고 있었다. 그곳은 사람들이 살고 싶은 마을이 되어 있었다.

그곳에서부터 나는 다시 조금 더 걸어갔다. 이제 막 전쟁이 끝난 터라 그곳은 아직은 삶을 활짝 꽃피우지 못하고 있었지만, 라자로[6]는 이미 무덤 밖에 나와 있었다. 나지막한 산기슭에는 보리와 호밀이 자라고 있었고, 저 아래 좁은 골짜기에는 풀밭이 파랗게 물들어 있었다.

이 고장 전체가 건강과 번영으로 다시 빛나기까지는 그로부터 8년밖에 걸리지 않았다. 1913년에 보았던 폐허의 땅 위에는 잘 단장된 아담하고 깨끗한 농가들이 들어서서 행복하고 안락하게 살아가고 있음을 보여 주었다. 비와 눈이 숲 속으로 스며들어 옛날에 말라 버렸던 샘들에서 물이 다시 솟아나기 시작했다. 사람들은 그 샘물로 물길을 만들었다. 단풍나무 숲 속에 있는 농장들에는 모두 샘이 있었는데, 맑은 샘물이 융단을 깔아 놓은 듯한 싱싱한 박하 풀잎 속으로 흘렀다.

마을들이 조금씩 되살아났다. 땅값이 비싼 평야지대의 사람들이 이곳으로 이주해 와 젊음과 활력과 모험 정신을 가져다주었다. 건강한 남자와 여자들, 그리고 밝은 웃음을 터뜨리며 시골 축제를 즐길 줄 아는 소년 소녀들을 길에서 만날 수 있었다. 즐겁게 살아가게 된 뒤로 몰라보게 달라진 옛 주민들과 새로 이주해 온 사람들을 합쳐 1만 명이 넘는 사람들이 엘제아르 부피에 덕분에 행복하게 살아가고 있었다.

한 사람이 오직 정신적, 육체적 힘만으로 황무지에서 이런 가나안 땅을 이룩해 낼 수 있었다는 것을 생각하면 나는 그 모든 것에도 불구하고 인간에

게 주어진 힘이란 참으로 놀랍다는 것을 깨닫게 된다. 위대한 혼과 고결한 인격을 지닌 한 사람의 끈질긴 노력과 열정이 없었던들 이러한 결과는 있을 수 없었을 것이다. 엘제아르 부피에, 그를 생각할 때마다 나는 신에게나 어울릴 이런 일을 훌륭하게 해낸 배운 것 없는 늙은 농부에게 크나큰 존경심을 품게 된다.

엘제아르 부피에는 1947년 바농 요양원에서 평화롭게 눈을 감았다.

옮긴이 주

1 프랑스 어의 'générosité'는 일반적으로 '관대함', '너그러움'이라는 뜻으로 쓰이나 '고결함'을 뜻하기도 한다. 이 작품에서는 세 번 사용되었으며, 주인공의 인격을 표현하는 가장 중요한 말로 쓰이고 있다.

2 저(低) 알프스 현. 지금은 아르프 드 오트 프로방스 현으로 이름이 바뀌었다.

3 지중해 연안에서부터 알프스에 이르기까지 방대한 지역에서 자라는 키가 작은 나무. 프로방스는 향유용 라벤더의 주산지이다.

4 시저가 갈리아(골 지방)를 정복(기원전 1세기)한 때부터 프랑크 왕국이 성립(AD 5세기)되기까지 로마 제국의 지배를 받던 지역. 이 기간에 이 지방은 로마의 속주였다. '프로방스'의 어원은 라틴 어의 프로빈치아(속주)에서 유래했다고 한다.

5 휘발유가 부족했기 때문에 목탄을 때서 나오는 가스로 차가 움직였다.

6 성서 『요한복음』 11장에 나오는 라자로 이야기. 라자로는 무덤에 묻힌 지 이미 나흘이 되었으나, 예수께서 '라자로야, 나오너라' 하고 큰 소리로 외치자 죽었던 사람이 밖으로 나왔다고 기록되어 있다.

부록

편집자의 말

『나무를 심은 사람』의 문학적 향기와 메시지

문학의 향기 속에 숨어 있는 강한 메시지

『나무를 심은 사람』은 1953년 처음 발표된 이래 25개 언어로 번역되어 세계적으로 널리 읽히고 있는 작품이다. 많이 읽히는 고전 중의 하나로 이름이 높다. 두께도 얇은 이 책이 이처럼 사랑받는 이유는 무엇일까? 그것은 이 작품이 깊은 문학적 향기와 더불어 강력한 메시지를 전하기 때문일 것이다. 자신을 위해서가 아니라 다른 사람들을 위해, 공동의 선(善)을 위해 아무런 보상도 바라지 않고 일한 한 사람의 불굴의 정신과 노력이 이 땅에 어떤 기적을 이루어 놓았는지를 보여 주기 때문이다.

『나무를 심은 사람』은 1953년 미국 잡지《리더스 다이제스트(Reader's Digest)》에 처음 발표된 뒤 1954년 미국의《보그(Vogue)》지에서『희망을 심고 행복을 가꾼 사람(The man who planted hope and reaped happiness)』이라는 제목으로 처음 책으로 간행되었다.

장 지오노는 그가 살던 오트 프로방스의 고산지대를 여행하다가 특별한 사람을 만났다고 한다. 혼자 살면서 해마다 꾸준히 나무를 심고 가꾸는 양치기였다. 그는 홀로 묵묵히 나무를 심어 황폐한 땅에 생명을 불어넣고 있었다. 지오노는 이 양치기에게서 아이디어를 얻어 사심 없이 자신을 바쳐 나무를 심은 한 사람이 지구의 표면을 바꾸어 놓은 실제 이야기를 문학 작품으로 만든 것으로 알려져 있다.

그는 첫 원고를 쓴 뒤 약 20여 년 동안 글을 다듬고 또 다듬어 작품을 완성했다고 한다. 그는 평소 자신의 작품들이 설교가 되기를 원치 않는다고 말했지만, 이 작품을 발표할 때는 자신이 이 소설을 쓴 이유 중의 하나가 "사람들로 하여금 나무를 사랑하게 하기 위해, 더 정확히 말하면 나무 심는 것을 장려하기 위해서"였다고 말했다. 그래서인지 『나무를 심은 사람』은 세계 곳곳에서 지구 녹화운동의 자료로 쓰이고 있다. 미국삼림협회(American Forestry Association)가 "나무를 심어 지구온난화의 위협을 완화하기 위해" 이 책을 교육자료로 쓰고 있는 것이 그 한 예라고 할 수 있다.

희망의 나무를 심은 사람

하지만 이 책이 많은 사랑을 받는 가장 큰 이유는 작품의 주인공 엘제아르 부피에가 보여 준 감동 때문일 것이다. 자신을 위해서가 아니라 '우리'를 위해 아무런 대가도 바라지 않고 자신을 바쳐 일한 한 사람의 고결한 정신과 실천이 '지구의 모습'을 바꾸어 놓고 '세상'을 바꾸어 놓는 '기적'을 보여 주었기 때문이다. 이 작품의 주인공 부피에는 '보통 사람'인 자신이 거둔 '성공'을 보여 줌으로써, 어느 누구도 그런 성공을 거둘 수 있으며 거룩해질 수 있다는 것을 가르쳐 준다. 농부인 자기와 마찬가지로 그 누구라도 고결하고 거룩한 생각을 품고 '대의'를 위해 굽힘 없이 목표를 추구해 나가면 위대한 결과를 이루어 낼 수 있다는 '희망'을 심어 주고 있다. 그러므로 부피에는『나무를 심은 사람』을 통해 우리의 마음속에 '희망의 나무'를 심어 주었다고 할 수 있다. 우리의 메마른 영혼 속에 푸른 떡갈나무를 키워 낼 내일의 '도토리'를 심어 준 셈이다. 우리의 삶 주변에서, 세계 곳곳에서 대지와 강이 죽어가고 바다가 쓰레기로 신음하는 문명의 위기 속에서, 엘제아르 부피에는 우리가 마음먹고 노력하기만 한다면 죽어가는 우리의 자연과 지구를 되살릴 수 있다는 '희망'을 심어 준다.

주인공 부피에는 자신의 체험을 통해 어떤 '작은 사람'도 '영웅적인 인간'의 크기로, '거인'으로 드높여질 수 있다는 것을 깨우쳐 준다. 누구나 '평범한' 삶을 '비범한' 삶으로 바꾸어 놓을 수 있다고 말한다. 그리고 참으로 세상을 변화시키고, 이 세계를 아름답게 바꾸어 놓는 사람은 권력이나 부나 명성을 누리는 사람들이 아니라 남을 위해 소리 없이 일하는 사람, 침묵 속에서 실천하는 사람이라는 것을 깨우쳐 준다. 말없이, 서두르지 않고, 속도를 숭배하지 않고, 자기를 희생하며 굽힘 없이 선한 일을 하는 사람들이라는 것을 깨우쳐 준다.

자연 사랑, 자연과의 교감

부피에가 우리에게 전해 주는 또 하나의 메시지는 사람은 자연을 사랑하고 자연 속에서 자연과 교감하며 살아갈 때 행복해진다는 것이다. 그가 가족도 없이 홀로 깊은 산속에서 그렇게 오랜 세월을 고독 속에서 살아갈 수 있었던 것은 자연을 사랑하고 자연과 교감했기 때문일 것이다. 자신이 심은 나무를 마치 자기 자녀가 크는 것처럼 바라보면서, 대자연과 자신이 마침내 하나가 되는 일체감을 느끼면서, 그리고 그 나무들이 큰 숲을 이루어 언젠가는 그것이 다른 사람들에게 행복을 가져다줄 것이라고 꿈꾸면서 위안과 행복을 느꼈을 것이다. 부피에는 나중에 말하는 습관조차 잊어버릴 정도로 철저한 고독 속에서 살았다. 사람들은 대개 외로운 것을 싫어해 고독을 멀리하려 하지만 동서고금의 현자들 가운데는 일부러 고독한 삶을 선택한 사람들이 적지 않다. 고독과 침묵 속에서만 참된 자아와 신(神)을 만날 수 있다고 믿었기 때문이다.

우리나라에서 부피에처럼 산속에 들어가 오랫동안 홀로 살아간 분으로는 고(故) 법정(法頂) 스님을 들 수 있다. 자연을 사랑하고 교감했다는 점에서 서로 닮은 점이 많다. 법정 스님의 책들은 스님이 얼마나 자연을 아끼고 즐겼는지를 잘 보여 준다. 그래서인지 스님은 오랜 세월 사석에서 또는 글에서 『나무를 심은 사람』을 여러 차례 언급했고, 저서 『법정 스님의 내가 사랑한 책들』에서 그가 사랑한 책들 50권 가운데 이 작품을 추천하고 자세히 소개하기도 했다.

자연에 대한 작가 지오노의 사랑은 문명을 보는 그의 관점과 밀접하게 연결된다. 그래서 많은 비평가들은 그를 "반도시적, 반근대문명적 작가, 시대를 거스르는 자연사상가"로 본다. 예컨대 그는 자신의 작품『진정한 부』에서 이렇게 말했다. "도시의 남자여, 줄달음치는 발걸음을 멈춰라. 참다운 행복은 태양 아래 서 있을 때라는 것을 잊어서는 안 된다." 그는 파리에 사는 도시인들을 "가치 없는 목적을 좇아 광분하는 눈먼 사람들의 집단"으로 비유하기도 했다. 그리고 물질문명에 대한 비판과 더불어 분별없이 부(富)를 추구하는 것을 경계하면서 "광란을 일으키는 돈에 복종해서는 안 된다"고 강조했다.

애니메이션 〈나무를 심은 사람〉

『나무를 심은 사람』은 애니메이션으로도 만들어져 세계적으로 사랑받고 있다. 이 작품을 읽고 주인공 부피에의 거룩한 삶에 큰 감명을 받은 세계적인 화가 프레데릭 백(Frédérick Back, 1924~2013)이 그림을 그리고 캐나다의 국영방송 CBC가 제작한 것이다.

백은 영화를 만들고 나서 이렇게 말했다. "이 작품은 헌신적으로 자기를 바쳐 일한 사람의 이야기입니다. 이 작품의 주인공은 나무를 심는 것이 마땅히 해야 할 중요한 일이라는 것을 알았습니다. 그리고 오랜 세월에 걸친 자신의 노력이 헐벗은 대지와 그 위에 살아갈 사람들에게 유익한 결과를 가져오리라고 확신했습니다. 그는 아무런 보상도 바라지 않고 자신의 일을 계속했습니다. 그는 대지가 천천히 변해 가는 것을 보는 것만으로 행복했습니다. 그 이상의 것을 바라지 않았습니다. 자신이 무엇을 해야 할지 모르는 사람이나 절망에 빠져 있는 사람들에게 이 작품이 큰 격려가 되기를 바랍니다."

1924년 자알브뤼켄(당시는 프랑스령, 지금은 독일 영토)에서 태어난 백은 1948년 결혼한 뒤 부인의 나라인 캐나다로 이주하여 5년 반 동안에 그림 2만 장을 그려 이 애니메이션을 완성했다. 애니메이션 〈나무를 심은 사람〉은 1987년 안시 국제 애니메이션 영화제에서 대상을 받았고, 제2회 국제 애니메이션 페스티벌에서 또다시 대상을, 그리고 제60회 아카데미상에서 단편상을 받았다.

이 영화는 우리말 비디오로도 제작[분도출판사 서울지사 또는 베네딕도미디어(왜관) 판매]되어 널리 시청되고 있다. 문학 작품의 상상력을 영상예술이 성공적으로 소화해 내기란 어려운 일인데, 이 영화는 한 편의 소설이 얼마나 탁월한 영상예술로 만들어질 수 있는지 하나의 전형을 보여 주었다고 말할 수 있다.

장 지오노는 누구인가

1995년은 장 지오노 탄생 100주년이 되는 해였다. 그래서 그의 나라 프랑스에서는 그를 기리고 그의 문학과 사상을 오늘의 시대에 다시 '조명'해 보는 작업이 활발하게 이루어졌다. 프랑스의 세계적 신문《르 몽드》는 1995년 3월 10일 '마노스크의 포크너'라는 제목 아래 지오노 특집을 싣고, 20세기 문학의 거장들 가운데 지오노가 차지하는 위치를 다시 찾아 주어야 한다는 긴 기사를 실었다.

지오노가 프랑스 문학에서 차지하는 비중은 그가 1953년 모나코 상을 받았고, 1954년 아카데미 공쿠르의 회원으로 선출되었으며, 한때 노벨문학상 후보로까지 이름이 오르내린 데서도 잘 드러난다. 또한 앙드레 말로의 다음과 같은 말도 그가 프랑스 문학에서 차지하는 위치를 알아볼 수 있게 해 준다. "21세기의 프랑스 작가 가운데 세 사람을 꼽으라고 한다면 나는 지오노, 몽테를랑, 그리고 나 자신인 말로를 꼽고 싶다." 그는 이 세 작가가 프랑스 밖에서도 널리 읽힌다고 덧붙였다.

한편 영국의 시인이며 비평가인 허버트 리드는 이렇게 말했다. "1930년부터 1946년에 이르는 암흑기의 프랑스에서 가장 중요한 작가는 앙드레 지드도 폴 발레리도 아니고, 광휘(光輝)에 싸인 아카데미 프랑세즈의 그 누구도 아니다. 그들은 바로 농민 아나키스트인 지오노이며, 참다운 크리스천이라 할 베르나노스, 그리고 쉬르레알리스트(초현실주의자)인 부르통이라 말할 수 있다." 그리고 "이 세 사람은 큰 영향력을 가지고 적극적으로 낡은 것을 파괴하고 새로운 것을 창조했으며, 깊은 도덕성을 가지고 현대의 가치관에 저항했다"고 덧붙였다.

옮긴이의 말

장 지오노의 작품 세계: 노래하는 자연

장 지오노는 1895년『나무를 심은 사람』의 배경이 되는 프랑스 남부 오트 프로방스 지방의 작은 도시 마노스크에서 태어나 남프랑스 특유의 광활한 자연을 벗 삼아 성장했다. 그가 태어났을 때 조그만 구두 수선점을 경영하던 그의 아버지는 쉰 살, 세탁소를 하던 그의 어머니는 서른다섯 살이었다. 지오노의 할아버지는 이탈리아의 독립과 통일을 위해 결성된 비밀결사 '카르보나리'의 당원으로 경찰에 쫓겨 프랑스로 망명한 사람이었다. 그의 아버지 또한 할아버지의 뜻을 이어받아 혁명 사상을 가진 사람들이나 아나키스트들을 집에 숨겨 주곤 했으나 폭력적인 운동은 좋아하지 않았다고 한다. 지오노가 전 생애에 걸쳐 스스로를 이탈리아 인이자 프로방스 사람이고 프랑스 인으로 자처했던 것도 이처럼 아버지 쪽의 혈통이 이탈리아 인이었기 때문일 것이다. 그의 아버지는 엄격하면서도 자상한 사람이었고, 어머니 역시 동정심 많고 상냥한 사람이었는데, 그의 작품에 등장하는 산촌(山村)의 현자(賢者)나 사람들의 마음과 몸을 고쳐 주는 의사는 이러한 아버지의 이미지로부터 온 것이라고 한다.

가난 때문에 열여섯 살 때부터 은행에 취직하여 생계를 이어가야 했던 그는 독학으로 많은 고전을 읽으며 작가로서의 습작기간을 가졌다. 그는 거의 18년 동안 은행원으로 일하면서 시를 먼저 발표하고 시집도 간행했으나, 1929년 서른네 살에 쓴 소설『언덕』을 발표하면서부터 역량 있는 신예작가로 문단의 주목을 받는다. 특히 앙드레 지드로부터 큰 촉망을 받은 것으로 알려져 있다. 이후 전업 작가로 나서서 1970년 일흔다섯 살의 나이로 사망할 때까지 지칠 줄 모르는 창작열로 왕성한 작품 활동을 하여 20세기 문단의 뛰어난 작가들 가운데 한 사람으로 위치를 굳힌다.

지오노는 보병으로 1차 세계대전에 참가해 5년여 동안을 군대에서 보낸다. 그는 당시 모든 젊은 세대들과 마찬가지로 불안과 대혼란의 시기를 겪지만, 이 독학자는 파리 문단의 다다이즘이나 초현실주의 운동과는 동떨어진 남프랑스의 자연을 무대로 자기

만의 소리를 모색한다. 그는 1932년 출판된 20편의 짧은 단편 모음집인 『연민의 고독』에서 "오래전부터 나는 이 세계가 노래하는 소리를 들려주는 소설을 쓰고 싶었다"라고 고백하는데, 지오노의 글을 읽는 독자들은 그가 그러한 자기 욕망의 충족에 성공했을 뿐만 아니라 그것도 아주 다양한 소리의 노래들을 들려주는 데 성공한 작가라는 것을 알게 된다.

지오노가 작가로서 등장한 때는 양차 세계대전 사이의 시기(1919~1939)였다. 세계 경제공황과 전체주의 국가들의 새로운 팽창, 그리고 프랑스 국내의 분열상 등 복잡한 사회 문제들 속에서 개인주의의 단계가 끝나고 인간과 사회의 관계정립이 다시금 문제시되며, 자아의 분열을 극복하여 통합된 인간성을 구현할 수 있는 사상체계를 추구하던 때였다.

이때 프랑스 문단에는 기계화되고 물질문명의 노예가 되어 버린 도시 문화에서 등을 돌려 자연 상태의 농촌 생활 속으로 들어가 대지와 인간의 합일을 꿈꾸는 지방주의 농촌소설들이 주류를 이루는 사실주의 경향의 문학이 변화된 형태로 개화된다. 결국은 또 한 차례의 끔찍한 전쟁으로 귀결되어 불발로 끝나고 만 이 재

건의 시기에 지오노는 '자연숭배'라는, 서구인의 의식에 하나의 매혹적인 이상으로 각인된 주제에 몰두했던 것이다.

문명의 발전으로 오히려 더욱 비참해지고 왜소해지며, 과학의 기계적인 적용 때문에 비뚤어져 버린 인간의 모습에 다시금 생명력을 회복시키려면 원초적 자연의 단순함과 인간에 내재되어 있는 것으로 믿어지는 선량함을 신뢰해야만 한다는 생각에서였을 것이다. 그의 소설들이 전하고자 하는 메시지는 태평스러운 낙관주의와 순박한 평화주의를 표방한다고도 하지만 지오노가 현대 기계문명에 대한 강한 비난에 다름 아닐 전원생활의 숭배라는 명제를 제기한 것은 인간성을 회복시키기 위한 적극적인 도피의 한 시도로 볼 수 있을 것이다.

지오노는 자기가 태어나 성장한 오트 프로방스 지방에서 작품의 배경과 주제, 영감을 얻어 자연의 거대한 무대 속에서 벌어지는 사건들을 힘 있고 강렬하면서도 풍부한 시적 서정성을 담아 펼쳐 보여 준다.

'목신의 3부작'을 이루는 『언덕(Colline)』, 『보뮈뉴의 사나이(Un de Baumugnes)』, 『소생(Regain)』은 자연과 더불어 살아가는 농촌 마을 사람들의 삶을 인간을 포용하는 대지, 자연의 무서운 파괴력, 인생에 대한 신뢰감, 산 위의 한 촌락의 부활 등등의 주제를 통해 보여 준다.

대지로 귀환한다는 이상을 적극적으로 설교하는『세계의 노래(Le chant du monde)』(1934),『나의 기쁨은 영원하리(Que ma joie demeure)』(1935),『산 속의 전투(Batailles dans la montagne)』(1937)에서는 자연이 의인화되고 인간은 자연화되는 범신론적, 신화적인 우주관의 세계가 펼쳐진다.

인류의 부패한 도덕 대신에 자연 속의 공동체적인 삶이 주는 연대의식, 인류애 등의 가치를 추구하며 인간의 상처를 치유하는 행동주의가 고취되기도 하는 이런 작품들은 전쟁이 가져온 혼란의 책임을 문명에 돌리는 데 전적으로 공감하는 당대 독자들의 호응을 얻는다. 그래서 지오노는 1935년에서 1939년 2차 세계대전이 일어나기 전까지 아홉 차례에 걸쳐 고향인 마노스크 근처의 산상 콩타두르(Contadour) 고원에서 '콩타두르'라는 이름을 가진 모임을 열기까지 했다. 물질문명에 저항하고 자연예찬의 사상에 동조하는 지식인들, 학생들이 모여 독서와 토론, 산책을 하던 이 모임은 훗날 평화주의, 반전운동의 성격으로 발전한다.

그러나 이 시기의 지오노 소설들이 갖는 매력은 그것이 어떤 줄거리와 사상을 표현하든 상관없이 자연을 묘사하는 데 있다. 그는 산책, 씨뿌리기, 추수, 풀베기, 시골 축제 등 자연의 단순한 장면들을 파노라마처럼 묘사하는 데 뛰어난 재능을 보여 주었으며, 오트 프로방스 지방의 식물, 동물, 강, 기후, 농사일들과 연관된 어휘를 지칠 줄 모르고 애용했다. 이런 장면, 배경들이 지오노의 전기(前期) 소설들의 무대를 구성하는데, 그러한 사실적인 무대 위에서 짐승과 인간, 식물들은 공통의 본성을 갖고 서로 교감한다. 그리고 육체적인 것과 정신적인 것도 서로 교감하는 가운데 남자는 걸어 다니는 나무, 여자는 과일 열매가 달린 아름다운 나무로 등장하기도 하고, 강은 심장과 손이 있는 존재로서 원하고 쓰다듬기도 하며 언덕은 아파서 눈물을 흘리기도 한다.

이렇게 지오노에게 프로방스의 자연은 현실과 상상계가 풀기 어렵게 섞여 있어서 시공을 초월하는 신화적인 무대 효과를 내는 '상상의 남부(Sud imaginaire)'가 되는 것이다.

역사적인 배경이 한 작가에게서 몇 가지 서로 다른 방식의 작품 세계를 나누어 주는 경계가 되는 경우가 있는데, 지오노도 그런 작가에 해당한다. 2차 세계대전 기간과 그 후의 10여 년 동안 지오노는 평화주의 반전사상 때문에 오해를 받는 시련을 겪는다. 아이러니컬하게도 프랑스의 좌익, 우익 양진영에서 모두 문제의 인물이 되었던 그는 그래서 인간의 신념이나 인간성 자체가 빚어내는 복잡한 모순의 문제를 다루지 않을 수 없었을 것이다.

따라서 그 뒤 자연숭배적인 서정주의, 낙관주의는 사라지고 인간 자신의 다양성, 복잡성의 탐구에 몰두하여 인간 조건의 한계와 비관주의를 극복하지 못하는 개인의 심리를 심도 있게 파헤친다. 이렇게 주제가 변하고 문체도 변하지만 그의 무한한 상상력과 이야기꾼으로서의 재능은 조금도 변하지 않고 더욱 드넓은 상상의 세계를 종횡무진 펼쳐 나간다.

그 이후 지오노 특유의 상상력은 19세기의 이탈리아 귀족인 '앙젤로'라는 로마네스크한 인물을 창조할 수 있었고 이 앙젤로를 주인공으로 하는 '경기병 연작(Cycle du Hussard)'이 1951년의 『지붕 위의 경기병』을 시작으로 1957년의 『광적인 행복』, 1958년의 『앙젤로』 등으로 발표된다. 검은 말을 타고 드넓은 공간에서

갖은 시련을 이겨 내며 모험을 계속하는 영웅 앙젤로는 2차 세계대전 후 더욱 환멸과 절망이 지배하던 시대에 또 다른 상상의 세계에서 행복을 찾아 도피하는 작가 지오노를 보여 준다.

2차 세계대전이 끝난 뒤 출판된 그의 작품은 장편 소설과 중편 사이의 중간 장르라고 지오노 자신이 말한 '소설 연대기(Chroniques romanesques)'라는 시리즈물이었다. 1947년『기분전환 없는 왕』,『노아』에 이어 1950년『강한 영혼들』이 발표되는데, 사실상 이 작품들로 지오노는 작가로서의 경력에서 결정적인 한 단계를 넘어선다. 여전히 상상의 남프랑스를 배경으로 하지만 더 이상 원초적 행복을 추구하는 인간들이 아니라 20세기 인간 모두의 질환이라고도 할 수 있는 권태에 침식당하는 인물들이 등장한다.

지오노가 죽기 직전까지 꾸준히 작업한 이 소설 연대기에서는 인물의 성격과 이야기의 전개에서 상대주의와 기법을 도입함으로써 개인들의 정체성을 의도적으로 흐리고 있다. 불확실성의 소설 기법을 새로이 내세웠다고 할 수 있는데, 이런 점은 후에 누보로망의 서술기법으로 이용된다. 소설이 지난날의 형식을 지키면서도 새로운 시대를 반영할 수 있는 새로운 기법을 발명해 내려고 애쓰던 때에 이 소설 연대기의 서술구조가 새로운 지평을 열어 준 셈이다.

이렇게 어떤 문학적 유파가 하나도 존재하지 않던 전후 20세기 중반기 프랑스의 소설계에서 지오노는 자기 개인의 기법을 가지고 자기의 해결책을 제시함으로써 한 독보적인 작가가 될 수 있었다.

1953년《리더스 다이제스트》에 발표된『나무를 심은 사람』에서 주인공 엘제아르 부피에는 나무 심기에서 자신의 존재 이유와 행복할 수 있는 근사한 방법을 발견한다. 황무지에 푸른 숲을 남기고 평화로운 고독 속에 눈을 감는 엘제아르 부피에와 흰 눈 위에 붉은 피를 뿌리며 권총 자살로 생을 마감하는『기분전환 없는 왕』의 랑글르와는 행복해지는 방법을 발견한 사람과 행복해질 수 있는 방법을 도저히 발견할 수 없었던 두 대조적 인물의 유형을 보여 준다. 지오노의 작품 세계의 전기와 후기를 특징짓는 이 두 인물 유형은 작가의 인간에 대한 깊은 애정이 어떻게 이 세상과 인간의 어두운 심층부를 향해 움직여 갔는지를 다소 짐작하게 해 준다.

1970년 10월, 잠자듯이 평화롭게 생을 마감한 지오노는 책 쓰기에서 존재 이유와 행복해지는 방법을 발견한 사람일 테고, 우리 독자들은 행복한 노래든 불행한 노래든 인간의 영원한 고향인 자연의 노래 소리를 들려주는 지오노의 책 읽기에서 행복해지는 방법을 조금이라도 찾을 수 있을 것 같다.

1994년 4월

옮긴이

장 지오노(Jean Giono, 1895~1970)

장 지오노 약력

장 지오노는 1895년 3월 30일, 『나무를 심은 사람』의 배경이 되는 프랑스 남부 오트 프로방스에 있는 작은 도시 마노스크(Manosque)에서 태어났다. 지오노는 여행할 때를 제외하고는 고향을 떠나지 않았다. 그래서 마노스크는 그의 작품에서 배경으로 자주 등장한다. 지오노의 아버지 장-앙투안 지오노(Jean-Antoine Giono)는 구두수선공이었고, 자유롭고 온화한 성품을 지닌 사람이었다. 어머니 폴린 푸르생(Pauline Pourcin)은 세탁소를 운영하면서 살림을 맡아 했다.

지오노의 할아버지 장 바티스트 지오노는 이탈리아 피에몽테 지역의 카르보나리(Carbonari, 이탈리아의 독립과 혁명을 위한 비밀단체) 단원이었으나 1831년 프랑스로 망명했다. 아버지한테서 할아버지 이야기를 많이 듣고 자란 지오노에게 할아버지는 전설적인 인물이었다. 이런 할아버지의 이미지는 『지붕 위의 경기병』과 서사시 『앙젤로』에 영감을 주는 등 지오노에게 적지 않은 영향을 주었다.

아버지의 병환으로 집이 어려워지자 지오노는 열여섯 살(1911)에 중학교를 그만두고 마노스크의 은행에 취직했다. 이후 1929년 말까지 이곳에서 일했다. 이때부터 지오노는 시를 쓰기 시작하고, 그리스와 라틴 고전, 프랑스 고전, 단테와 세르반테스, 셰익스피어의 작품 등 많은 책을 탐독한다.

1915년에 지오노는 군대에 징집되어 베르됭 전투, 슈맹 데 담 전투, 몽 케멜 전투 등에 참가했다. 당시 전쟁의 공포와 끔찍한 학살을 직접 경험하면서 받은 충격은 그의 인생에 지울 수 없는 상처로 각인되었고, 이 때문에 그는 열렬한 평화주의자가 된다. 지오노는 1919년 10월에 군 복무를 마치고 잠시 마르세유에 머물다가, 이듬해에 마노스크로 돌아와 다시 은행에서 일한다. 그해 4월에 아버지가 세상을 떠나고, 6월에 엘리즈 모랭과 결혼한다.

지오노는 1923년에 중세 소설『앙젤리크(Angélique)』를 쓰기 시작했는데, 이 소설은 끝내 미완성으로 남는다. 그리고 마르세예즈의 잡지인《라 크리에》에 산문시 몇 편을 발표한다. 1924년에는 친구

뤼시엥 자크의 도움으로 『플루트 반주에 맞추어(Accompagnés de la flûte)』라는 산문시집을 출간하지만 판매부수는 열 권 정도에 그친다. 1926년, 알린 지오노(Aline Giono)가 태어난다.

1927년, 지오노는 『오디세이의 탄생(Naissance de l'Odyssée)』을 발표한다. 이 소설에서는 다음 작품들의 주제가 될 몇 가지 요소들, 즉 자연 앞에 선 인간의 고뇌와 환희, 세상과 연계된 인간의 원인 모를 불안감, 디오니소스적 기질 등을 발견할 수 있다. 1929년에 출판된 『언덕(Colline)』이 대중들과 비평가들에게 큰 반향을 불러일으키면서 이때부터 지오노는 역량 있는 신예 작가로 주목을 받는다. 같은 해에 출간된 『보뮈뉴의 사나이(Un de Baumugnes)』도 성공을 거두자 지오노는 전업 작가가 되기 위해 은행을 그만둔다.

지오노는 1930년에 『소생(Regain)』을 발표하는데, 몇 년 뒤에 이 작품은 마르셀 파뇰에 의해 영화로 만들어진다. 나중에 『언덕』, 『보뮈뉴의 사나이』, 『소생』 이 세 작품은 '목신의 3부작'이라 불리게 된다. 이 세 작품에는 자연과 더불어 살아가는 시인이자 천부적 이야기꾼이며 자연의 칭송자인 지오노의 작품 세계가 잘 그려져 있다.

전쟁의 생생한 경험을 담아 낸 작품『거대한 무리(Le grand troupeau)』(1931)에서는 무리의 개념을 군대와 양 떼에 동시에 적용하여 이 둘을 평행선상에서 그려 나간다. 이 책이 출간된 뒤 지오노는 그라세와 갈리마르 두 출판사와 동시에 계약을 맺어 두 출판사에서 번갈아 가며 책을 출판한다.

1932년에『푸른 눈의 장(Jean le Bleu)』을 발표한다. 이 소설은 가부장적인 가정의 모습과 더불어 엄격하면서도 관대하고 창조적이며 정열적인 아버지를 회상하는 방대한 자전적 이야기이다. 같은 해에 출간된『연민의 고독(Solitude de la pitié)』은 이미 잡지에 발표한 짧은 수필과 단편들을 모은 첫 단편 모음집이다.

『별나라의 뱀(Le serpent d'étoiles)』(1933)은 세계와 자연의 법칙들과 본능과 욕망 사이에서 갈등하는 인간의 상황에 우주적 차원의 세계관이 결합되어 있는 작품이다.『세계의 노래(Le chant du monde)』(1934)라는 순수하면서도 모험적이고 서사적인 소설에서는 자연의 요소들(거대한 강, 목신 등)이 매우 중요한 자리를 차지한다.

1934년에 마르셀 파뇰이 『보뮈뉴의 사나이』를 〈앙젤(Angéle)〉이라는 제목으로, 『모상의 조프루아(Jofroi de la Maussan)』를 〈조프루아(Jofroi)〉라는 이름으로 각색하여 영화로 만든다. 같은 해에 실비 지오노(Sylvie Giono)가 태어난다.

이 당시 지오노는 전쟁의 위협이 드리워지자 평화를 위한 회합에 참가하고, '혁명적 문인예술가협회'에 가입하며, 거의 공산주의에 가까운 일간지 《방드르디(Vendredi)》에 글을 기고하기도 한다. 그러나 그의 자유주의적 성향과, 무정부주의자였던 아버지에 대한 기억 등으로 좌파이지만 지오노는 여전히 평화주의를 떠나지 않았다. 결국 공산당의 모습에 실망한 지오노는 1935년에 공산주의와 결별하게 된다.

1935년에 발표된 『나의 기쁨은 영원하리(Que ma joie demeure)』는 작가의 인생에서 주목할 만한 작품으로 평가된다. 이 소설은 대중들에게 큰 호응을 얻었고, 특히 젊은이들에게 깊은 감명을 주었다. 후에 '지오니즘'이라 불리게 될 요소들을 만들어 내는 데 크게 기여했다. 이 '지오니즘' 현상은 2차 세계대전이 일어날 때까지 계속 확장돼 나갔다.

1935년 9월 초쯤, 지오노는 자신을 찾아온 몇몇 젊은이들과 함께 콩타두르 모임을 결성한다. 마노스크 근처의 콩타두르 고원에서 열린 이 모임은 2차 세계대전이 일어나기 전까지 여러 번 계속되었다. 콩타두르 모임은 파시즘과 물질문명에 비판적이고 자연 복귀에 동조하는 학생들과 지식인들이 함께했다. 1936년에 지오노와 뤼시엥 자크는《카이에 뒤 콩타두르(Les Cahiers du Contadour)》를 만들어 7호(1939)까지 발간했으나 대중들에게 널리 읽히지는 못했다.

1936년에 출간된 에세이 형식의 책『진정한 부(Les vraies richesses)』는『나의 기쁨은 영원하리』의 연장선상에 있는 책이다. 이 책에서 그는 도시에 대한 부정적인 생각을 다시금 확고히 하고 산업자본이 지배하는 사회에 대항해야 한다고 부르짖었다. 그리고 도시와 기계중심주의가 진정한 부를 파괴한다고 비판했다.『하늘의 무게(Le poids du ciel)』(1938)도 자연에 대한, 그리고 전쟁과 독재에 대항한 그의 외침이었다.

『명령 불복종(Refus d'obéissance)』(1937),『가난과 평화에 대하

여 농민에게 보내는 편지(Lettre aux paysans sur la pauvreté et la paix)』(1938), 『순결을 찾아서(Recherche de la pureté)』(1939) 등은 전쟁이 끝난 뒤 몇 년 동안 지오노가 전하려 한 메시지들을 모아 놓은 모음집들이다.

전쟁 이전에 지오노는 실제로 평화를 위해 싸웠다. 전쟁과 파시즘과 공산주의를 반대하는 그의 입장은 단호했다. 그는 전쟁이 일어난 경우엔 불복종으로 참여했다. 전쟁에 반대하는 평화주의적인 글을 썼다는 이유로 체포되어 두 달 동안 감옥에 있다가 무혐의로 풀려나기도 했다(1939).

감옥에서 나와 그는 1936년에 뤼시엥 자크, 조안 스미스와 착수했던 허먼 멜빌의 『모비딕(Moby Dick)』의 번역을 끝낸다. 그리고 미국 작가에 대한 상상적 전기인 『멜빌에게 경의를(Pour saluer Melville)』(1941)을 발표한다. 하지만 이 작품들은 독자들의 호응을 얻지 못한다.

1943년, 지오노의 집이 가택수사를 당하고, 1944년에 지오노는 혐의도 없이 7개월 동안 감금당하기도 한다. 그는 또한 공산주의의 영향하에 있던 국가문인협회의 블랙리스트에 올라 2년 동안

책을 출판하지 못한다. 1946년에 어머니 폴린 푸르생이 사망한다.

2차 세계대전 후 그는 작품을 쓰는 데에만 온 힘을 쏟아 1945년부터 1951년까지 소설과 단편 여덟 편을 완성한다. 1945년에 쓰기 시작한『앙젤로(Angelo)』를 1948년에 발표하고, 경기병 연작에 착수한다.『한 인물의 죽음(Mort d'un personnage)』(1949)에 이어, 1946년 시작한『지붕 위의 경기병(Le hussard sur le toit)』을 1951년 완성한다. 경기병 연작은『앙젤로』의 주변 인물들이 중심이 되어 이야기가 전개된다.

경기병 연작과 동시에 지오노는 연대기라 불릴 만한 작품으로, 다소 동질적이긴 하지만 명확히 구분되는『기분전환 없는 왕(Un roi sans divertissement)』(1947)에 착수한다. 그 후 작가에 관한 이야기『노아(Noé)』(1947)를 발표하는데, 이 소설에서 처음으로 최초의 인간에 대해 언급한다. 그리고『강한 영혼들(Les ames fortes)』(1949),『대로(Les grands chemins)』(1951),『폴란드의 풍차(Le moulin de Pologne)』(1952) 등을 발표한다.

남은 생애 동안 지오노는 오로지 작품 활동에만 전념하는데, 그의 글쓰기는 점점 더 다양한 양상을 띠게 된다. 지오노는 신문과 잡지에 작품을 기고하고, 몇몇 작품들은 한데 묶어 단행본으로 출간한다(『엘브 섬의 테라스(Les terrasses de l'île d'elbe)』, 『팔젬의 나무 세 그루(Les trois arbres de Palzem)』, 『헤라클레스의 후손』, 『행복 사냥(La chasse au bonheur)』).

지오노는 1951년에 자신의 뿌리라 할 수 있는 이탈리아를, 이듬해에 영국과 스코틀랜드를 여행한다. 1954년에 영국인 관광객 세 명을 살해한 혐의로 기소된 늙은 농부 도미니시의 소송을 참관한 뒤 《예술》지에 공판 기록을 발표하고, 가스통 갈리마르(갈리마르 출판사의 사주)의 요청으로 이를 수필 형식의 단행본 『도미니시 사건에 관한 기록(Notes sur l'affaire Dominici)』(1955)으로 출간한다. 1959년에는 스페인을 여행한다.

지오노는 1957년에 경기병 연작의 마지막 권인 '역사적' 소설 『광적인 행복(Le bonheur fou)』을 출간한다. 또한 『나무를 심은 사람(L'homme qui plantait des arbres)』(1953), 『연대 이야기(Les récits de la demi-brigade)』(1972), 『엔몽드와 다른 인물들(Ennemonde et autres caractéres)』(1968), 『변절자(Le déserteur)』(1966) 같은 순수한 소설을 쓴다. 『파비의 대참사(Le désastre de Pavie)』(1963)는 지오노가 새롭게 시도한 역사서로 파비 전투와 프랑수아 1세의 속박에 관한 이야기지만 지오노는 역사가가 아니었으므로 소설가의 문체가 이 작품에 생생하게 드러나 작품에 특별한 느낌을 준다.

1965년에는 『용(Dragoon)』을, 1967년엔 『올림푸스(Olympe)』를 집필하지만 이 두 텍스트 어느 것도 완성하지 못했다. 그의 마지막 작품은 『쉬즈의 붓꽃(L'iris de Suse)』(1970)이었다.

지오노는 1954년에 공쿠르 상 심사위원으로 선출되고, 1961년에 칸 영화제 심사위원, 1963년에 모나코 문학위원회 심사위원을 맡았다. 마지막 몇 해 동안은 심장 발작으로 몸이 쇠약해져 작품을 쓰는 속도가 떨어졌다. 1970년, 극도로 기력이 쇠약해진 그는 동맥의 혈전 때문에 수술을 받았고, 그해 10월 8일에서 9일 밤 사이 심장 발작으로 세상을 떠났다.

지은이 **장 지오노**(Jean Giono, 1895~1970)

1895년, 프랑스 프로방스 지방의 마노스크에서 가난한 구두수선공의 아들로 태어났다. 1차 세계대전에 참전해 5년여 동안 복무했으며, 전쟁의 공포와 끔찍한 학살을 몸소 겪은 뒤 열렬한 평화주의자가 되었다. 그는 1954년에 공쿠르 상 심사위원으로 선출되고, 1961년에 칸 영화제 심사위원, 1963년에 모나코 문학위원회 심사위원을 맡았다. 1970년 10월에 세상을 떠났다.
그의 작품으로 『나무를 심은 사람』을 비롯해 『진정한 부』, 『폴란드의 풍차』, 『언덕』, 『지붕 위의 경기병』 등이 있다.

옮긴이 **김경온**

연세대학교 불어불문학과와 대학원을 졸업하고, 프랑스 파리 12대학에서 폴 발레리의 시 연구로 문학박사 학위를 받았다. 프랑스어문학 교육자, 연구원, 언론홍보 전문 공무원으로 일했으며, 번역작가로 활동하고 있다. 옮긴 책으로 『영화의 환상성』, 『오르세 미술관』, 『소멸의 미학』, 『말의 미소』, 『장화 신은 고양이와 열 편의 옛이야기(샤를 페로 동화집)』 등이 있다

그린이 **최수연**

일러스트레이터. 현재 신문, 잡지 등 여러 매체에서 일러스트를 그리고 있으며, 소설과 어린이 책 등 많은 단행본에 그림을 그렸다. 그린 책으로 『나의 라임오렌지나무』, 『사랑이 있는 곳에 신이 있다』, 『교환학생』, 『괜찮아 보이는 게 전부는 아니야』, 『청개구리는 왜 엘리베이터를 탔을까?』, 『마테오 팔코네』 등이 있다. siotillust.tumblr.com

나무를 심은 사람

1판 1쇄 펴낸날 1995년 7월 1일
개정판 1쇄 펴낸날 2005년 6월 10일
개정2판 1쇄 펴낸날 2018년 3월 10일
개정2판 11쇄 펴낸날 2023년 8월 20일

지은이 장 지오노 **옮긴이** 김경온 **그린이** 최수연
펴낸이 조추자 **펴낸곳** 도서출판 두레
등록 1978년 8월 17일 제1-101호
주소 (04075)서울 마포구 독막로 100 세방글로벌시티오피스텔 603호
전화 02)702-2119(영업), 02)703-8781(편집) **팩스** 02)715-9420 **이메일** dourei@chol.com

* 가격은 뒤표지에 적혀 있습니다.
* 잘못 만들어진 책은 구입하신 곳에서 바꾸어 드립니다.
* 이 도서의 국립중앙도서관 출판예정도서목록(CIP)은 서지정보유통지원시스템 홈페이지(http://seoji.nl.go.kr)와 국가자료공동목록시스템(http://www.nl.go.kr/kolisnet)에서 이용하실 수 있습니다.(CIP제어번호: CIP2018002308)

ISBN 978-89-7443-114-3 03860